中島みゆき　第二詩集

四十行のひとりごと

道友社

中島みゆき　第二詩集

四十行のひとりごと

まえがき

実《じつ》をいうと私は嘗《かつ》て、某大手新聞社発行の歌詞集の、まえがきで「(私は) 詩人、ならぬ詞人を続ける」と書いていた。

……………うそつきになってしまった。

今回の本では堂々と「詩集」と名乗っている。斯《か》くなる上は、「詩というものを書かぬと宣言したわけではない」と、しらばっくれるより他《ほか》はない。

某大手新聞社の編集者さんが、この詩集を偶然《ぐうぜん》、手にとらないことを密《ひそ》かに願うばかりである。

まえがき

さて、「四十行のひとりごと」は平成29年4月に始まり、とんでもなく筆の遅い私ゆえ〝ぽつりぽつり連載〟を続けさせていただいたが、ようやく少しまとまったので、本にしていただくことになった。

こちらも新聞社の編集者さんなので、誤字・脱字・慣用表現には、さすが素早く厳しく、しつこく、もとい丁《てい》寧《ねい》に御教示いただき、冷《ひ》や汗と共に心より感謝申し上げる次第である。

もくじ

礼

「わたくしの小学校では」と
こうちょう先生は小鼻を膨《ふく》らませ　唇《くちびる》に湿《しめ》りをくれた
「敬語などという差別用語は　使用させていません」
こうちょう先生はぐるりと茶席を眺《なが》め　胸を張った
「イタダキマスは言わせません　給食を作った人よりも
食べる人が下位だなどと卑屈《ひくつ》になる必要はないのです
食事開始の合図は　担任が床《ゆか》をドンと踏み鳴らします」
靴音のドンで一斉《いっせい》に食べさせる光景は
さぞや家畜のエサやりのような　と私は思ったが
こうちょう先生の平等論に楯突《たてつ》く自信はなかったので

礼

うつむいて爪を見ていた
恐《こわ》いもの知らずな反撥《はんぱつ》を今にするぞと期待して
私を茶席に招いてくれた上席の御歴歴《おれきれき》からは
以後　二度とお声は掛《か》からなくなった
あの小学校では　今日《きょう》も昼に靴音が鳴るのだろう
給食を作った人にも　給食代を支払った人にも
食材となった植物にも動物にも　決して謙《へりくだ》らないだろう
あいにくだが私はイタダキマスを言う
給食を作った人や　給食代を支払った人や
食材となった植物や動物を

貸してくださった神という方に　謙《へりくだ》って
私はイタダキマスを言う
私は礼が　好きなのである
英国人を嗤《わら》って屢々《しばしば》使われる話に　こんなのがある
船が沈み　流木に縋《すが》り付くに当たり　先客に対して
「御紹介にも与《あずか》りませず甚《はなは》だ失礼かとは存じますが」
こういう英国人が　私は嫌いではない
こうちょう先生は英国人がお嫌いかもしれないが
私は礼が　好きなのである
頭を下げたくらいのことで人品は下がらない

礼

頭を下げさせようと図《はか》ったときにこそ人品は下がる
道玄坂の新しいモール周辺では
歩く人と歩かない人が暗黙《あんもく》の内にマーブル模様を成《な》す
行くあてのない小娘たちの肩先を
それとなくすり抜けて通るのがモールのルール
そこへ先を急ぐ女が　物体のように小娘を突きのける
「こんなとこ来《く》んなよババァ」　誰にともなく小娘は呟《つぶや》き
「邪魔《じゃま》なんだよガキ」　誰にともなくババァは呟《つぶや》く
どっちもどっちだが私はババァの方《ほう》が少し失礼だと思う
私は礼が　好きなのである

おこわさんでも

よかったなぁ　よかったなぁと
思っただけで私も笑えてきます
あなたが嬉《うれ》しくていることが　私には嬉《うれ》しい
かわいそうになぁ　かわいそうになぁと
思っただけで私も泣けてきます
あなたがつらくていることが　私にはつらい
この同調波《どうちょうは》は　ヒトにも犬にも猫にも備《そな》わっています
見下げも見上げもしない波です
あなたはずうっと顔に出せないお立場で
ずうっとがんばっておいでなさったので

おこわさんでも

だぁれも　あなたの喜怒哀楽《きどあいらく》を知りません
たまには膝《ひざ》をくずして　どうぞ
たまには心砕《こころくだ》けて　どうぞ
お茶碗で　てのひら温《あたた》めて
今日《きょう》は　お立場はお休みしましょう
私はお寺の線香みたいに
ずうっと　ゆれゆれ聞《き》いておりますから
何《な》んの役にも立たない線香ですけれど
ずうっと　あなたに添《そ》うて流れておりますから
硬《かた》い上着をようやく丸めて　横へ置いたなら

今日《きょう》は　おこわさんでも蒸しましょうか
そのうち湯気《ゆげ》が　ほやほや漂《ただよ》って
向《む》こう三軒両隣《さんげんりょうどなり》まで　ほやほや漂《ただよ》って
なんぞありましたのかいなと訊《き》かれたら
いいえ　ほんの式日《しきじつ》みたいなものでと答えて
ややこしい話は　今日《きょう》はお休みしましょう
おこわさんが蒸し上がったら　それ持って
ご先祖さんに　こんにちはって
ただそれだけで　いいじゃありませんか
つらいことがあると人は　まるで牛になったみたいに

おこわさんでも

つらい気持ちを反芻《はんすう》して　もっと自分をつらくします
牛なら　草を選ぶことです
嬉《うれ》しいことも　反芻《はんすう》したらもっと自分を嬉《うれ》しくします
食《は》むなら　嬉《うれ》しい草を選ぶことです
明日《あした》は空気を吸えますかなぁ
ともあれ今日《きょう》は空気を吸えて　よかったなぁ
今日《きょう》のおこわさんはさしずめ　空気祝い
私が大きな声で言っておきますから
恥ずかしければ口だけ動かしといてくださいな
せぇの　「ありがとうさん」

すつぴん

「いや実《じっ》に素晴《すば》らしいお話でした　おい」
えんちょう先生が顎《あご》をしゃくったのにも気づかず
私は　真っ白なクロスに並んだごちそうに見とれていた
「これで我《わ》が学園も威厳《いげん》が　おい　お酌《しゃく》をせんか」
あぁいけない　私と友は膝行《しっこう》してビール瓶《びん》を手にとった
「気が利《き》かない女どもで申し訳ありませんです
これは歌手なんですがね　私に言ってくだされば
いつでも大先生の講演会《こうえんかい》で歌わせますよ」
えんちょう先生は突然私のプロダクションに変身した
「歌手のわりには地味《じみ》でしてね　いい子ですよ

すっぴん

化粧もしない　すっぴんです　それに比べてこいつは」
私の隣にいた友は　ぎごちなく微笑《ほほえ》んだ
「なんにも能《のう》がないものだから
化物《ばけもの》みたいな化粧しやがって　見世物《みせもの》ショーですよ」
一座は　大受けで拍手した
友は細い首をうなだれて　お酌《しゃく》を続けた
私はこの日　たいへん底意地《そこいじ》が悪かったので
えんちょう先生には教えないことにした
私が　実《じつ》はフルメイクであったということも
プロのメイクアップアーティストに頼めば

すっぴんに見えるように作れるのだということも
私は底意地《そこいじ》が悪いので
えんちょう先生には教えないことにした
その日　友は身体《からだ》を壊《こわ》し　その顔色悪《かおいろわる》さを恥じて
なけなしの白粉《おしろい》を　厚く塗っていたのだということも
それが乏《とぼ》しい化粧品であればあるほど　仕上がりは
哀《かな》しく厚化粧に見えてしまうのだということも
教えないことにした
「教育屋《きょういくや》ですからね　子供らの考えはわかるんですよ」
得意満面《とくいまんめん》で名刺を配るえんちょう先生を

すっぴん

私は低い低い席から見上げていたので
その肩越《かたご》しに　垣間見《かいまみ》てしまった
大先生が腕時計を　うんざりと読んでいるのを
窓の彼方《かなた》で　大歓楽街《かんらくがい》の灯《ひ》が点《とも》り始めているのを
その灯《ひ》の　遥《はる》か天空に
真ん丸い月が　澄《す》んで浮いているのを
そうかぁ　どんな石の下であろうとも
あの月の鏡《かがみ》に映らないものは　ないんだなぁ
それでは私は　調理場で残りを貰《もら》って帰るとしよう
私の底意地《そこいじ》は　所詮《しょせん》この程度のものなのであった

東京駅へ向かっていたのに

東京駅へ向かっていたのに
車の屋根を打つ雨の音に　聴き入っているうちに
気づいたら　古い通りで信号待ちをしていたの
懐《なつ》かしいわ　こんな通りがまだ残っていたのね
そうよ　三角形の空地《あきち》があって　駐車場になっていて
その向《むこ》う側の道沿いに　並ぶ家々には
仕出し屋さんの入口や美容院があるはず
本当にそのまんまだわ　何も変わっていなかったのね
家並《いえなみ》の更《さら》に向《むこ》う側には　何があるのだったかしら
車を降りて　少し歩き廻《まわ》ってみたいけど

東京駅へ向かっていたのに

誰か知ってる人に出会ってしまったら　どうしよう
だって今日《きょう》はあたし　こんな仕事着で急いでるんだもの
みんなもう大人になって　お洒落《しゃれ》してるに違いないもの
ねえ　その辺《あた》りで曲がって　あの路地を行けないかしら
無理ね　路地が細くて車では通れない
それじゃ　ここで待ってて　あたしすぐ戻って来るから
家並《いえなみ》の向《むこ》う側まで歩いて行ってみたいの　すぐ戻るわ
たしか　すぐそこのビルにエスカレーターがあるはず
ほらね　ここの二階が建物の向《むこ》う側では一階になってる
坂の街は相変わらず繁盛《はんじょう》していて　少しビルが増えた

あたしの知ってる姿で残っていてくれて　安心したわ
さぁ　もう急いで車に戻りましょう　時間がないから
近道して　坂の脇道《わきみち》を斜めに抜けて　小走りに
変ね　どうして元の場所へ戻れないのかしら
なんだかどんどん遠くなってるみたい　時間がないのに
エスカレーターまで戻るしかないわ　遠回りだけど
それよりビルの階段が近いから　これを降りるわ
どうしよう　一階の出口はシャッターが閉まってる
どうしたの　どうしてあたし　元の場所まで戻れないの
よく知ってる街なのに　何も変わっていないのに

東京駅へ向かっていたのに

知らない人ばかりで混んでいる
誰か　あたしの帰れる道を教えてよ
どうしてみんなあたしを　空気みたいに透《す》かして見るの
古い家並《いえなみ》は何もかも消えたんだなんて　言わないでよ
似てるけどみんな新しい住人《じゅうにん》だなんて　言わないでよ
何もかも　包み籠《こ》むような雨音の中から
誰か世慣れた人の　穏《おだ》やかな声が聴こえる
「お客さん　お客さん　そろそろ東京駅に着きますよ
今日《きょう》は雨のせいで　ずいぶん道が混んじゃいましたけど
お客さん　良くお寝《やす》みでしたね」

月も陽《ひ》も

月も陽《ひ》も　今日《きょう》は地球の向《むこ》う側に行っている
ふとどちらも戻っては来ないかもしれない気がして
怖《こわ》さに眠りを奪われてしまう夜
闇《やみ》の底には　獰猛《どうもう》な敵《てき》が潜《ひそ》むから
真《ま》っ暗闇《くらやみ》ということはすなわち
目の先5ミリの所にそれらが既《すで》に居《い》るかもしれないのだ
月も陽《ひ》もいない闇《やみ》の底では
時を識《し》る手懸《てがか》りが無《な》くて
私は何時間ここに居《い》たのか　何年こうしていくのか
誰も教えてくれなくて

このまま闇《やみ》の中で怖《こわ》い夢を見続けてしまう
はやく次の夢へと移りたいのに　見続けてしまう
「だいじょうぶだよ」
布団《ふとん》のえりを　そっと押《おさ》えてくれる手のように
雪が屋根を　そっと押《おさ》えてくれるので　きっと眠れる
幼な児《ご》がいつ目覚めても　まだ薄く点《とも》り続けていた
貧しい親たちの夜《よ》仕《し》事《ごと》灯《あか》りのように
雪が宙《そら》を真《ま》っ暗闇《くらやみ》にはしないので　きっと眠れる
雪の衣が諸々《もろもろ》の形を不明瞭《ふめいりょう》へと変え
何もかもを　なだらかな起伏《きふく》へと変える

棘《とげ》も　ひび割れも　研《と》がれた刃《やいば》も　全部
深い傷も　深い淵《ふち》も　全部変える
宙《そら》を胴鳴《どうな》りさせながら吹雪が通ると
高く低く　怖《おそ》れが共鳴しようとする
「だいじょうぶだよ」
雪が　心のえりを　そっと押《おさ》える
「だいじょうぶだよ　落ち着いて」
みんな身体《からだ》の内側に　鼓動《こどう》という時計があるから
その微《かす》かな振動を数えれば　時が解《わか》るよ
ゆっくりと　鼓動《こどう》のいくつか毎《ごと》に　ゆっくりと

月も陽も

雪が　心のえりもとを　ふわり　ふわり
月も陽《ひ》も　今日《きょう》は地球の向《む》こう側
あちら側の方々《かたがた》は　どんなに眩《まぶ》しいことだろう
こちら側は　ただいま新月《しんげつ》
なんにも無《な》いところから
なにもかもが始まる新月《しんげつ》
月も陽《ひ》もある宙《そら》を　寿《ことほ》ぎ
月も陽《ひ》も無《な》い宙《そら》を　寿《ことほ》ぎ
ニュースにもならない当然なことばかりで
宝物《たからもの》たちは出来ている

ぜったいグランプリ

3月16日舞台袖《そで》の暗《くら》がりで二人の男が跳《と》び上がり喜んだ
地方局ペーペーディレクターとペーペーアナウンサーが
一次予選前から何度も取材を重ねて来たのは
この後《あと》の全国大会で私が優勝すると予想しての事だった
ドラマチックな構成で番組は準備万端《ばんたん》　完成間近《まぢか》
5月18日全国大会　かんじんの私が落ちた
「番組は取り消しになりました　残念です」
地方局ペーペーディレクターとペーペーアナウンサーが
しょんぼりと頭を下げた
「せっかく沢山《たくさん》録《と》らせてもらったのに　すみません」

私はといえば既《すで》に次回のコンテストに応募していたので
がっかりする余裕《よゆう》もなく練習を急いでいた
地方局ではもう二度と同じ企画に許可は出されなかった
9月7日ふたたび北海道大会優勝
舞台袖《そで》の暗《くら》がりに　ぺーぺーたちの姿はなかった
9月16日早朝　父が脳出血で倒れた
10月12日全国大会優勝　世界大会出場決定
父は意識が戻らぬまま眠りつづけていた
個人開業医院は医師が倒れたらどうしようもない
小銭までかき集めて従業員に給料を支払うと

医院を閉めて　身の回りの物だけをまとめ
家族は親戚《しんせき》を頼って遠い町へ移ることになった
既《すで》に冬の始まった北海道十勝《とかち》の未明《みめい》
誰にも知らせずに発《た》つ駅の　改札口の傍《かたわ》らに
あの二人が　ひっそりと佇《たたず》んでいた
どうやって知ったのか　さすがは放送局
離《はな》れ始める列車へ目礼《もくれい》していたペーペーディレクターが
突如《とつじょ》　全力でホームを走り出し　何か叫んだ
ペーペーアナウンサーも全力で走り　叫んだ
「………グランプリっ！」

ぜったいグランプリ

「………ぜったいっ！　グランプリぃっ！」
凍《こお》りついたホームの端《はし》まで二人は突っ走り　叫び続けた
一九七五年11月16日　日本武道館
世界歌謡祭グランプリ　受賞曲は「時代」
その後彼らが何処《どこ》へ移されて行ったのかわからない
その後私があの町をふたたび訪れる機会もない
でも私はいつだって　あの早朝をありありと思い出せる
凍《こお》ったホームを突っ走りながら叫んだぺーぺーたちの
「ぜったいぃーっ!!」
「グランプリぃーっ!!」

ビギナーズ　ラック　来い来い

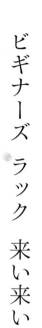

楽しかったことだって　ひとつくらいはあったはず
いいじゃないのそれで　もう充分と思いましょう
その楽しさが繰返《くりかえ》し繰返《くりかえ》し　いつまでもいつまでも
変わらずに続けばいいなんて　期待するから
いつか　あの人を　変わってしまったのねと詰《なじ》る日が来る
綺麗《きれい》なものだって　ひとつくらいは見たはず
いいじゃないのそれで　もう充分と思いましょう
もっと綺麗《きれい》なものを　なおさらになおさらに
見続けられるようになんて　熱望《ねつぼう》するから
いつかは見えなくなってゆく眼《め》を　憎むだけの日が来る

おいしかったものだって　ひとつくらいは食べたはず
いいじゃないのそれで　もう充分と思いましょう
それをもっともっと　たくさんたくさん
食べ続けたいなんて欲を張るから
どんな味もわからないほど悲しい孤独に沈むと
食べることそのものさえ　捨ててしまう日が来る
どこも痛くなかった日だって　一度くらいはあったはず
いいじゃないのそれで　もう充分と思いましょう
手足も臓腑《ぞうふ》も　これ以上これ以上自在に
使えるようにと鍛錬《たんれん》に鍛錬《たんれん》を重ねても

自分の計画と違う自分に　なってしまう日も来る
痛みに縛《しば》られて　こんなのが我《わ》が身かと驚く日も来る
上手《うま》くいった日だって　一度くらいはあったはず
いいじゃないのそれで　もう充分と思いましょう
上昇志向《じょうしょうしこう》とやらの流行《はや》り文句に憧《あこが》れて
もっと高くもっと高く　登り続ける闘志《とうし》の底から
欲は湧《わ》く　一瞬にして湧《わ》く
上手《うま》くいかないかもと疑《うたが》って　歩きだせない日も来る
親切をもらった時だって　瞬間くらいはあったはず
いいじゃないのそれで　もう充分と思いましょう

ビギナーズ ラック 来い来い

その親切を　どんな日もいつの日も一瞬の隙《すき》も無《な》く
与え続けてくれる人なら信頼できるだなんて　待つから
「もう与えるものが無《な》いのです」と泣かせる日が来る
私がどんなに残酷《ざんこく》だったかを　自ら思い知る日が来る
何もかも過ぎ去り　活《い》きの良さは去る　なまものの常《つね》
いいじゃないのそれで　もう充分と思いましょう
最初の一度きり　ビギナーズ　ラック　初心者の幸運
では　また最初から　自分を育て始めてゆきましょう
新しく育て始めたなら　何度でも初心者
ビギナーズ　ラック　来い来い

こんなところに産《う》まれてしまった

こんなところに産《う》まれてしまった……と
あなたは思わなかったのですか
とんだところに産《う》まれてしまった
へんなところに産《う》まれてしまった
やばいところに産《う》まれてしまった
違うところに遁《のが》れてしまおう……と
あなたは思わなかったのですか
えらいところに産《う》まれてしまった
アウトなところに産《う》まれてしまった
あちゃあなところに産《う》まれてしまった

誰かに替わってもらいたい……と
あなたは思わなかったのですか
もっとラクなところなら良かった
もっとゆたかなところなら良かった
もっと自由気儘《きまま》なところなら良かった
舞台さえ違えば　物語は
まったく違う成りゆきになったかもしれない……と
あなたは思わなかったのですか
うまく身を躱《かわ》して遁《のが》れる泳ぎ方なんて
本当は誰だって知っている

なのに何故《なぜ》　そんなところで
あなたは何故《なぜ》　身を躱《かわ》さなかったのですか
私だったら多分　吠《ほ》えて暴れてちゃっかり遁《のが》れる
遁《のが》れるというのも　とりあえずは窮余《きゅうよ》の一策
でも　遁《のが》れてもあんまり私の物語は変わらない
遁《のが》れてもまた別の何かから遁《のが》れようとしている
千年杉が　はらりと声を降らせてくる
「ねぇ　百年前を覚えているかい
こんなところに家はなかった
ねぇ　千年前を覚えているかい

こんなところに産まれてしまった

こんなところに道はなかった
ねぇ　一億年前を覚えているかい
こんなところに人はいなかった
もっと　ずうっと昔の約束を覚えているかい
一人の洩《も》れもなく　約束は手渡された
絶望しないための約束　でもとても忘れやすい約束」
あなたは耳を澄《す》まして　心を澄《す》まして　命を澄《す》まして
その約束を聴いていたのですね
その約束に向かって　そんなところで
「ありがとう」と微笑《ほほえ》んでいたのですね

まことに申し訳ございます

老先生は今朝《けさ》も　とぼとぼと身の上噺《ばなし》を語り始める
「腹が立ったら〝私が悪い〟と独《ひと》り言《ごと》を申しますです」
声の小さな老先生は　大真面目《おおまじめ》に語り続ける
「反論すればするほど　奥さんは怒りますので」
女房生徒衆は　囁《ささや》き交《かわ》しながらひそかに憤慨《ふんがい》し
亭主生徒衆は　囁《ささや》き交《かわ》しながらひそかに同感する
「そんなもんかね」「そんなもんでしょう」
「みんなそうかね」「みんなそうでしょう」
独身生徒衆は「なんだ夫婦喧嘩《ふうふげんか》の話か」とよそ見をし
私は「なんとまあ気の弱い先生だこと」と呆《あき》れる

まことに申し訳ございます

老先生は短いチョークを左手につまみ直す
「腹が立つ日　私は右利《き》きなので左手で暮らしてみます」
黒板にひょろひょろと左手で書かれた　文字らしき線
「不得意なことと躍起《やっき》になって格闘《かくとう》すると　いつしか
腹立ちのことなど　どうでもよく思えてきますです」
私も試してみたが本当にかなり　躍起《やっき》になった
しかし　どうでもよく思えてはこなかった
無器用な自分へのイラ立ちまでもが
件《くだん》の問題に起因《きいん》するようで　腹立ちは倍増《ばいぞう》した
私は短気な性分《しょうぶん》なのである

まるで猛獣《もうじゅう》である
何を言われても「だけど」で返す性分《しょうぶん》
「はい」で返せたためしがない性分《しょうぶん》
「アメリカでは」と受け売りまでをも持ち出す性分《しょうぶん》
「先に謝ると裁判の時に不利になるらしいから」
アメリカでの裁判に備《そな》えて私は毎日　口をきくのか
「私は悪くない」に終始する性分《しょうぶん》　げんなりだ
人を踏めば上へ行けるかと勘違《かんちが》いの性分《しょうぶん》　げんなりだ
げんなりなくせに　性分《しょうぶん》丸出しが長引く日には
あの老先生を真似《まね》て　独《ひと》り言《ごと》を呟《つぶや》いてみることにした

まことに申し訳ございます

「どーどー　どーどーどー」
勢い余った馬を押《おさ》えるための　あれを己《おの》れに言ってみる
こんなのもある　「下にぃー　下にぃ」
お行列の先追《さきお》いに用いられた　あれを己《おの》れに言ってみる
性分《しょうぶん》が短縮できると　仕事がはかどってなかなか宜《よろ》しい
とはいえ　老先生ほどには人間が出来ていないので
ちょっと余計なものを付け足す
「まことに申し訳………」
続きは口の中でモゴモゴと　声には出さずに
「…………ございます」

崖《がけ》つぷちにカメ

崖《がけ》っぷちにカメが居《い》た
目指《めざ》した方角は間違《まちが》っていなかった筈《はず》なのに
ここまで力一杯《ちからいっぱい》　急いで来たのに
崖《がけ》になってしまった　行く道が切れてしまった
ゆるやかな崖《がけ》なら　そおっと伝い降りてゆけそう
前向きのままでも　腕で支えながら
歯をくいしばって　降りてゆけそう
90度ほどの崖《がけ》なら　後ろ向きにへばりついて
なんとか降りてゆけそう　爪先《つまさき》で探《さぐ》りながら
下を見ないようにして　へばりついて降りてゆけそう

しかし90度どころか　内に抉《えぐ》れた崖《がけ》ときては
ボルダリングあまりにも難易度《なんいど》高し
カメはポツンと崖《がけ》っぷちで途方に暮れる
他《ほか》のカメたちは　どうやって進んで行ったのだろうか
見渡す限り誰もいない
思いきって飛んでみようにも　翼《つばさ》はない
高い崖《がけ》の際《きわ》から　底をのぞき込んでみれば
強い風が吹きあげて
小さなカメはコロコロと転がり戻される
前には進めない　上にも飛べない

それなら下ではどうだろうかと　足元を見る
今居《い》る地面を　モグラのように掘《ほ》り続けたなら
崖《がけ》といえどもやがては　底となるかもしれない
しかし　カメの爪でそんなに掘《ほ》り続けられるのか
両手両足すべての爪を使い　歯まで使っても
自分の掘《ほ》った穴の途中で力尽きたら
いいあんばいの墓掘《ほ》りという有様《ありさま》に　なりはしないか
前にも進めない　上にも飛べない　下にも掘《ほ》れない
それなら横ではどうだろうかと　カメは考える
延々《えんえん》と続く崖《がけ》のへりを　横に伝って

崖っぷちにカメ

どこまでも進める限り　横へ
更《さら》なる上り坂かもしれないが運良く下り坂かもしれない
そうやって進んで行ったカメたちもあったかもしれない
もう霞《かす》んで見えない遠くまで　横へ
それとも　カメは最後にもうひとつ考えて
来た道を後ろへと歩みだす　後ろの後ろまで
辿《たど》ったこともない後ろの後ろまで
とことん遡《さかのぼ》れたなら
それも　進むことのひとつかもしれない
だって世界は　丸いんだよ

台形

赤ん坊は　日に日に育ってゆく
急な坂をぐんぐん登るように　日に日に育ってゆく
昨日《きのう》出来なかったことが　今日《きょう》出来るようになる
こんな勢いで育ち続けたのでは
身長何十メートル体重何トンもの
巨大な姿になりかねないほど　急角度で登ってゆく
うまくしたもので　ある程度のところでスピードは緩《ゆる》み
それからは多少の登り降りはあっても
ほぼ平たく保ち続けて　幾歳月《いくさいげつ》
年寄れば　日に日に弱ってゆく

台形

急な坂をころがり降りるように　みるみる弱ってゆく
あちらもこちらも　いっせいにガタが来て
昨日《きのう》出来たことが　今日《きょう》出来ないようになる
弱ることだけしか　この先には残っていないなんて
何《な》んの罰なのだろうかと　なさけなくなる
人生は　台形のように
急な登り坂と　平坦《へいたん》なしばらくと　急な下り坂
はて　この下り坂が何《な》んのためにあるのか
そこが問題だ
こんな下り坂いっそ　なくてもよかったんじゃないのか

生きれば生きるほど　悲しくつらくなるだけならば
悲しくつらくなるために生《せい》はあるという　答《こたえ》になる
そんなはずはない
ここにはきっと何かある
この急な下り坂には　何か仕掛《しか》けがある
目をこらして　台形を見ると
赤ん坊の育つ登り坂の　急勾配《きゅうこうばい》と
年寄ってゆく下り坂の　急勾配《きゅうこうばい》は
似ていないか　ほとんど同じくらいに
この下り坂では　もしかしたら　いつのまにか

台形

何かが　始まっているんじゃないのか
山頂の平原で過ごした日々を終え
使い続けた道具を積み込んで
荷車《にぐるま》を曳《ひ》いて　急な坂を降りてゆく
ボロボロの　我《わ》が現《うつ》し身《み》を　大切に積んで
踏んばりながら　急な坂を降りてゆく
やがていつか　この坂を再び登る日のために降りてゆく
泣いて降りても下り坂　笑って降りても下り坂
次にこれを登るときには　その斜面に
なるべく　陽気な風が遺《のこ》っているようにと　願いながら

十段階

「いちばん痛いときを10としたら　今いくつですか」
美しい看護師さんが優しく問うてくれた
痛みは外からは見えないものだから
最先端の機器に囲まれた中で
なんというアナクロな問答
とはいえ　とっ散らかっている当方を
瞬時《しゅんじ》に客観的にさせてくれる　なんと見事《みごと》な会話術
「ええと　8くらいでしょうか」
なにゆえこんなところで見栄《みえ》を張るか私
いきなり10では弱虫と思われそうで　つい

十段階

「8ですか……」
心配そうに看護師さんが　顔をのぞき込む
「いえ　ちょっと　その　7かも」
「7ですか……」
看護師さんも一緒に痛んでくれる顔になる
「あ　やっぱり　6かな」
5以下では労《いたわ》ってもらえなさそうで　つい
痛さでアブラ汗を浮かべているのやら
逡巡《しゅんじゅん》でアブラ汗を浮かべているのやら
「ではしばらくお待ち下さい　お注射の用意しますね」

9と答えた方《ほう》が　速く効《き》く薬をもらえたかなと後悔
結局なんのことはない　返答のようすで
プロにはすっかりお見通しなのであった
なにはともあれ病院からの帰り道
いちばん幸せなときを10としたら　今いくつか
帰宅してもいいということだけで9　うん　充分9だ
優しい看護師さんに当たったのは　やっぱり9
痛み止めが何時間で切れるかと心配になって7
待合室の長時間待ちでお腹《なか》ぺこぺこ2
そば屋でひと休み　たちまち9

十段階

私の幸せは　たいへん単純なことで出来ている
あれれ変だな　どうして10じゃないんだろう
痛さの10を出し惜しんだのは見栄《みえ》だったが
幸せの10を言わせないのは腹の虫
失ったものの記憶を　もう全部捨てちまったのかいと
記憶力のいい腹の虫が　むずかってみせるせいなんだ
覚えてるよ　このまま永久に0かと思ったよね
忘れてやしないよ
あのマイナスが幸せを10にさせないんだと　虫は言う
あのマイナスを経《へ》て原石が光りだすのを　天《そら》は待つ

我々《われわれ》の宿題

「ありがとう」と感謝してもらいたいわけじゃないよね
「偉《えら》かった」と誉《ほ》めてもらいたいわけじゃないよね
そんなこと聞《き》く前に　そそくさと去ってしまいたいよね
でも少しは役に立てたかなと　心で思うだけで
どうしてこんなに嬉《うれ》しいのだろう
不思議な生き物だね　人間は
「大きなお世話」で大失敗な結果になるときもある
「偽善《ぎぜん》だ」と揶揄《やゆ》され蹴《け》り落とされてしまう場合もある
でも　おせっかいなようにできてるんだね　人間は
自分以外の人間も人間だから

我々の宿題

自分以外の人間がモノだというわけではないから
だから　せいぜい　大失敗なおせっかいにならぬよう
いっぱい考え過ぎて　二の足を踏んでしまったりする
そこらあたりが　我々《われわれ》の宿題
私は医者ではないから　なんにも手当てがわからない
私は超能力者《ちょうのうりょくしゃ》ではないから
奇跡《きせき》を起こす方法なんか知らない
ただ思うだけ
なおれ　なおれと　心で撫《な》でさするように
もとどおりになりようのない傷であっても

せめて　あなたの魂《たましい》が　もとのもとのとおりに
なおりますように　なおりますようにと
でもあなたが　憐《あわ》れまれたなんて傷つきませんように
そこらあたりが　我々《われわれ》の宿題
世界じゅうに　ひとつとして同じ悲しみは無《な》く
どんな想像力も　現実の悲しみには追いつかない
土足の言葉で踏み込むよりも
黙《もく》したほうが　よっぽどましな場面も多い
「あなたが笑顔になってくれたら私も笑顔」というのは
誰でも使える　やさしいフレーズだけれど

我々の宿題

相手から先に笑顔になってくれるまで　そうやって
世界じゅうが延々《えんえん》と　いったいいつまで待つのか
そこらあたりが　我々《われわれ》の宿題
面白可笑《おもしろおか》しいことだけに囲まれた人を
陽気な人と呼ぶなら　そんなのどこにもいない
意志で踏みこたえて　人は陽気にしている
それでも　ついに意志だけでは到底《とうてい》もたない事態《じたい》もある
そのとき　くじけた意志を救う陽気は　どこにあるか
そこらあたりが　我々《われわれ》の宿題
この小さな星が　滅《ほろ》びに向かって流れてしまう前に

一寸先《いっすんさき》は

一寸先《いっすんさき》は闇《やみ》だなんて　縁起《えんぎ》でもないこと言わないでよと
私は耳をふさいで　話の続きを遮《さえぎ》ってきた
一寸先《いっすんさき》は闇《やみ》だなんて　滅相《めっそう》もないと嫌った
せっかく幸せであろうとも　一寸先《いっすんさき》へ進めば
絶望が口を開けて待ち構《かま》えているだなんて
そんな　心《しん》気《き》臭《くさ》い悲観《ひかん》論《ろん》は　まっぴらだった
一寸《いっすん》は3・03センチ　ひと足にも満たない
ほんの身じろぎしただけで越えてしまう
そんなじゃ恐《こわ》くて恐《こわ》くて動けない
恐《こわ》いから先へ進まずにおこうとしても

一寸先は

じっと座っていたって時間は私達《たち》を先へと運んでしまう
どうして　一寸先《いっすんさき》は光《ひかり》だと言わないのかしらと
耳をふさぎながら　私は苛立《いらだ》った
耳をふさいで　怖《おそ》れて　時は過ぎ
いい歳《とし》になって初めて　私は気がついた
とんでもなく意味をとり違えていたと　気がついた
一寸先《いっすんさき》は闇《やみ》という話は
お先真《さきま》っ暗《くら》という意味とは　全然違っていたらしい
一寸下《いっすんした》は地獄《じごく》という言葉も確かにあって
板子《いたご》一枚下は地獄《じごく》ともいう

どうやら私は　それと混同《こんどう》してしまったらしい
本当の意味は
一寸先《いっすんさき》のことさえも　予知《よち》はできないという話だった
どうしよう　勘違《かんちが》いのままでこんな歳《とし》になってしまった
私はこれから慌《あわ》てて　考え始めなければならない
なんという粗忽《そこつ》
一寸先《いっすんさき》に目を向けないようにしながら
通り過ぎてしまった　一寸《いっすんかける》×数十年分の粗忽《そこつ》
予知《よち》はできないという意味だったならば
一寸先《いっすんさき》は春かもしれなかった　秋かもしれなかった

一寸先は

育つためには　どちらも必要
猛暑《もうしょ》の夏かもしれなかった　酷寒《こっかん》の冬かもしれなかった
さすがにがっくりきても　それも育つためだったのか
一寸先《いっすんさき》を予知《よち》できたら　さぞや気楽《きらく》な人生だろうが
予知《よち》だけできて結局どうすることもできないくらいなら
予知《よち》できないほうが　気楽《きらく》かもしれない
予知《よち》なんかできなくたって
一寸先《いっすんさき》のために　今できることをするほうが実用的
その結果が一寸先《いっすんさき》で現れるか　遥《はる》か彼方《かなた》の時に現れるか
それこそが　まさしく　闇《やみ》の中

祭の中

お祭を観《み》に出掛《でか》けましょうよと　誘われても
苦手《にがて》なのでと　いつも断《ことわ》ったわ
屋台を覗《のぞ》くだけでも楽しいからと　誘われても
苦手《にがて》なのでと　いつも断《ことわ》ったわ
わざわざ行かなくたって　いまどきは
全部テレビに映るから　充分よ
笛や太鼓の賑《にぎ》やかしが風に乗って来るのを
とぎれとぎれに聴くだけで　充分よ
浮き浮きと出掛《でか》けて行く人たちを
窓越《まどご》しに見送るだけで　充分よ

だって　たくさんの人がひしめき合う渦《うず》では
靴を失くしたり　帽子を失くしたりするんだもの
たくさんの人がひしめき合う渦《うず》では
恐ろしい人も潜《ひそ》んでいたりするんだもの
たくさんの人がひしめき合う渦《うず》では
目が回ってしまって　酔ったようになるんだもの
「もったいないわねぇ」と
幼馴染《おさななじみ》のお姉ちゃんが迎えに来た
「あんたは　お祭と人集《ひとだか》りをごっちゃに考えてるのね
あたしがしっかり手を繋《つな》いでるから　行きましょう」と

だっても　さっても　ありゃしない
汽車に乗って遠い遠い町のお祭まで
不機嫌《ふきげん》な顔して　連れられて行くはめになった
やっぱりすごい人波
あたしはずっと　下ばかり見ながら歩いた
でも不思議な人波
誰もあたしを押しのけない　突きとばさない
そっと目をあげて　周《まわ》りを見ると
みんなそれぞれ　深い海を抱《かか》えている人たち
祈りを捧《ささ》げる鎮《しず》まりに　つられてあたしも面《おもて》を伏せれば

祭の中

小雪まじりの風が　高い空へ遠ざかる
再び不思議な人波を歩いて　駅までの戻り道
白熱灯《はくねつとう》の点《とも》る屋台に　お姉ちゃんと並んで
一個買った甘いおやきを半分こ　大切に両手で包んだ
その時あたしは　人波の前方に　確かに見た
見間違《みまちが》えるはずなどない　古いオーバーコートと帽子
あれは　死に目に逢《あ》えなかった　あたしの父さん
祭は　祀《まつ》り
逢《あ》えなくなってしまった人が　きっと来ている
「また来ようね」と　お姉ちゃんがあたしの涙を拭《ふ》いた

旅<ruby>た<rt></rt></ruby>び

人<ruby>び<rt></rt></ruby>と

一番目の旅人《たびびと》は
長い長い闇《やみ》の中　手探《てさぐ》りでさまよう気力も尽きて
凍《こお》りつき眠り込んでしまいそうだった
その時　人の声を聴いた
そちらへと声の指示する方向へ　おそるおそる進み
やがて遥《はる》か彼方《かなた》に　点のような灯《ひ》を見た
声の示した方向は正しいのだった
しかし旅人《たびびと》は　孤独というものに疲れすぎていたので
そのまま遠い灯《ひ》のほうへ歩むことよりも
その声の人に会うことのほうに　そそられてしまった

旅人

遠い点のようだった灯《ひ》は　いつしか見失っていた
二番目の旅人《たびびと》は
灼熱《しゃくねつ》を遮《さえぎ》る物もない荒れ地に　倒れていた
飲み水を携《たずさ》えたはずの背嚢《はいのう》には
いつのまにか小石が詰まっていた
まぶしい絶望で　眩《くら》みそうな目に
何か文字を刻《きざ》んだ石盤《せきばん》が映った
そちらへと書かれたとおりに　這《は》い進むうちに
遥《はる》か彼方《かなた》に　微《かす》かな川の音を聴いた
しかし旅人《たびびと》は　文字に飢えすぎていたので

書いた人を追うことのほうに　そそられてしまった
微《かす》かだった川の音からは　いつしか遠ざかっていた
三番目の旅人《たびびと》は
底のない深い沼で　溺《おぼ》れかけていた
身体《からだ》の向きが　空なのか地なのかさえも　わからずに
ただ　もがいて振り回した手が　一本の縄《なわ》をつかんだ
縋《すが》り付いて　たどって行くと　それは
水辺《みずべ》の古い樹《き》の根だった
ようやく沼から浮きあがり　宝《たから》のような風を吸った
しかし旅人《たびびと》は

旅人

その樹《き》を手に入れることのほうに　そそられてしまった
幹《みき》を伐《き》り　根を掘《ほ》り　引き倒し
ついに水辺《みずべ》の樹《き》もろとも　沼に再び沈んだ
風の生まれる山を探《さが》して旅立った日のことは　忘れた
こうやって私はいつも　大切な何かを措《お》いて
我欲《がよく》を指標《しひょう》に　踏み迷い続けた
さんざんな遠回りをしている姿は　鏡《かがみ》には映らない
何千年《なんぜんねん》も経《た》ってから　気づくだろうか
如何《いか》なる時も　奇跡《きせき》の掌《てのひら》の上で恵みを受けていたのだと
少しずつ少しずつ　気づくだろうか

産<ruby>う<rt></rt></ruby>ぶ

土<ruby>す<rt></rt></ruby>な

うぶすなは　何処《どこ》ですか
理屈抜きに　懐《なつ》かしい土の匂《にお》い
土の性質が異《こと》なれば　咲く花の色も異《こと》なる
うぶすなは　鼓動《こどう》の揺《ゆ》りかご
揺《ゆ》りかごに収まらぬ図体《ずうたい》に育ってのちも
理屈抜きに　慕《した》わしい守《も》り歌《うた》
しかし例《たと》えば現代で謂《い》う某《ぼう》〃県〃に産《う》まれた宿命《しゅくめい》として
此《こ》の〃県〃民である故《ゆえ》　彼《か》の〃県〃民を敵《てき》とせよとの
命令一下《めいれいいっか》　殺しあわなければならぬとしたら
そんなバカなと　現代の日本人なら笑うであろうが

産土

私たちは　それを為出《しで》かして来たのだ　つい先日まで
現《げん》に　世界じゅうでは　今日《きょう》も――
うぶすなは　何処《どこ》ですか
旅につれて人間は　本当のうぶすなを忘れてしまった
忘れてしまって　その後《あと》に迷った何処《どこ》やらを
間違《まちが》えて　覚え込んでしまった
人間は間違《まちが》える生き物　失敗する生き物
其処《そこ》から学習して進化する生き物
学習が少し速い者も　少し遅い者も居《い》る
因《ちな》みに私は　極《きわ》めて遅い

うぶすなは　何処《どこ》ですか
共通の敵《てき》がある時にだけ　人間は協力して闘《たたか》って来た
共通の敵《てき》がない時には　互《たが》いを敵《てき》と見做《みな》して闘《たたか》って来た
共喰《ともぐ》いで絶滅《ぜつめつ》した動物を　人間は嗤《わら》えない
遠い星の架空《かくう》の生物の話ではなく
同じ血から分かれた人類の話だ
しかしそれでも　うぶすなは気がいいので
何時《いつ》どの子が帰って来ても迎える仕度《したく》をしている
どの子が　どの子と争っていても
じっと待っている　両方それぞれを待っている

産土

争いを仕向《しむ》けて利《り》を得《え》んとする子をさえも
見放《みはな》さずに　迎える仕度《したく》をしている
そうして　再び出掛《でか》ける子らに
「行っておいで」と声を掛《か》ける
昔々いちばん最初に　此処《ここ》から送り出した時と同じに
「行っておいで」と声を掛《か》ける
風の音に紛《まぎ》れて　人間は　それを
聞《き》き逃《のが》してしまったのかもしれない
「陽気で行っておいで」って
うぶすなは　言ったんだ

ふうせん

その館《やかた》の前を　初めて通り掛《か》かった時
重々しい木扉《ドア》の枠《わく》に　風船《ふうせん》がひとつ
微《かす》かな風を受けて　揺《ゆ》れているのを見た
灼熱《しゃくねつ》の日であった
古い石造りの洋館に　その風船《ふうせん》は
不釣合《ふつりあい》なほど　くっきりと赤かった
小さな子供でも居《い》るのかなと
チラリ思っただけで　私はすぐに忘れた
一年ほど後《のち》に　同じ道を通り掛《か》かると
やはり赤い風船《ふうせん》が　木扉《ドア》の枠《わく》にひとつ

ふうせん

まぶしい陽《ひ》の中で　揺《ゆ》れているのを見た
まだ子供が小さいのだなと
ほほえましく眺《なが》めて　私は通り過ぎた
十年ほど経《た》って　久々《ひさびさ》に通り掛《か》かった時
古い石造りの洋館は　さらに古びて埃《ほこり》っぽくなり
通りの向かい側では　マンション建築が進んでいた
車ばかりが次々と　急いで走り抜け
カンカン照りの下に　通行人の姿はなかった
館《やかた》の重々しい木扉《ドア》の枠《わく》に
あの日とまったく同じ　赤い風船《ふうせん》を見た時

子供がいつまでも小さいわけはなかろうにと
さすがの私も　いぶかしく思った
二十年ほどが過ぎて　風船《ふうせん》のことなど忘れて
古い洋館の前を通り掛《か》かった時
重々しい木扉《ドア》の枠《わく》に　赤い風船《ふうせん》が揺《ゆ》れているのを見た
私は　自分が時をさかのぼったのかと　目を疑《うたが》った
陽《ひ》ざしは道路に白く跳《は》ね返っていた
いったい誰が風船《ふうせん》を　あそこに括《くく》り付けているのだろう
もはや子供のはずはない
辺《あた》りを識《し》る人に尋《たず》ねてみて　私は初めて知った

ふうせん

子を失った親が　ずっと今も
ああやって戸口に　目印《めじるし》を掲《かか》げているのだと
早く帰っておいでと　間違《まちが》えずに帰っておいでと目印《めじるし》を
私が最初に通り掛《か》かってから三十年余り経《た》った
古い洋館はそのまま在《あ》ったが　風船《ふうせん》はもうなかった
色彩《しきさい》の消えてしまった街路《がいろ》を　私は悄然《しょうぜん》と去り
深夜　偶然《ぐうぜん》に館《やかた》の前を再び通り掛《か》かった
寝しずまった館《やかた》の木扉《ドア》に　なんと豆球《まめきゅう》イルミネーション
永《なが》い旅に発《た》った人を偲《しの》んで
後《あと》を継《つ》ぐ人の括《くく》り付けた目印《めじるし》が　鎮《しず》かに灯《とも》っていた

この詩集は、平成29年4月から令和元年7月まで『天理時報』（天理教道友社）に掲載された作品に加筆・修正のうえ、未発表作品2篇を加えたものです。

中島みゆき（なかじま・みゆき）

1952年札幌市生まれ。藤女子大学文学部国文学科卒。75年「アザミ嬢のララバイ」でデビュー。同年、世界歌謡祭「時代」でグランプリを受賞。76年ファーストアルバム「私の声が聞こえますか」をリリース。アルバム、ビデオ、コンサート、夜会、ラジオパーソナリティ、TV･映画のテーマソング、楽曲提供、小説･詩･エッセイなどの執筆と幅広く活動。

中島みゆき第二詩集　四十行のひとりごと

2020年10月１日　初版第１刷発行

著　者　中島みゆき

発行所　天理教道友社

〠632-8686　奈良県天理市三島町１番地１

電話　0743（62）5388

振替　00900-7-10367

TENRIKYO DOYUSHA

印刷所　大日本印刷㈱

ISBN978-4-8073-0636-7

定価はカバーに表示